CATALOGUE

DE

DESSINS ANCIENS

Provenant de la collection d'un Amateur

DONT LA VENTE AURA LIEU

HOTEL DES COMMISSAIRES-PRISEURS

Rue Drouot, n° 5

SALLE N° 4, AU 1ᵉʳ

LE SAMEDI 25 AVRIL 1863

A 2 HEURES PRÉCISES DE RELEVÉE

Mᵉ DELBERGUE-CORMONT, Commissaire-Priseur,
rue de Provence, 8,

Assisté de **M. LOUTREL**, Expert, rue de l'Abbaye-Montmartre, 35.

EXPOSITION PUBLIQUE

Le Vendredi 24 Avril 1863, de une heure à cinq heures.

PARIS

RENOU & MAULDE

IMPRIMEURS DE LA COMPAGNIE DES COMMISSAIRES-PRISEURS
Rue de Rivoli, 144

1863

CATALOGUE

DE

DESSINS ANCIENS

Provenant de la collection d'un Amateur

DONT LA VENTE AURA LIEU

HOTEL DES COMMISSAIRES-PRISEURS

Rue Drouot, n° 5

SALLE N° 4, AU 1er

LE SAMEDI 25 AVRIL 1863

A 2 HEURES PRÉCISES DE RELEVÉE

Me DELBERGUE-CORMONT, Commissaire-Priseur,
rue de Provence, 8,

Assisté de **M. LOUTREL**, Expert, rue de l'Abbaye-Montmartre, 35.

EXPOSITION PUBLIQUE

Le Vendredi 24 Avril 1863, de une heure à cinq heures.

PARIS

RENOU & MAULDE

IMPRIMEURS DE LA COMPAGNIE DES COMMISSAIRES-PRISEURS
Rue de Rivoli, 144

—

1863

CONDITIONS DE LA VENTE

Elle sera faite au comptant.

Les Acquéreurs paieront CINQ POUR CENT en sus du prix d'adjudication.

La Collection que nous mettons en vente, a été formée depuis près de vingt ans, par une personne dont tous les instants de loisir sont consacrés à l'étude des Beaux-Arts, sa passion favorite.

Si un grand nombre de ces Dessins n'ont pas les titres de généalogie que recherchent quelques collectionneurs, ils ont tous en revanche, sous le rapport de l'exécution, ce caractère de franchise qui plaît aux Amateurs. D'ailleurs un cachet de provenance n'est pas toujours une preuve de qualité et d'authenticité, et souvent des Dessins sans généalogie, ont atteint dans les Ventes des prix supérieurs à ceux qui avaient des extraits de naissance en règle. Il me suffira de citer le Dessin de Claude LORRAIN de la Vente du 30 Janvier dernier, Dessin sans provenance, et qui a atteint, en dépassant de beaucoup tous les autres, le prix de 1455 francs.

Un fait pareil parle assez éloquemment.

DÉSIGNATION

DES

DESSINS

Juvenie

ALLEGRI (dit LE CORRÉGE)

1 — Saint Jean. *y*

    Esquisse pour la coupole de Saint-Jean des Bénédictins de Parme.

    Au crayon rouge.

Hauteur, 31 c. Largeur, 22 c.

BARBATELLI (dit LE POCETTI)

2 — Un Roi mage. //

    Extrêmement rare.

    Belle étude à la pierre d'Italie.

H. 18 c. L. 16 c.

BARTHOLOMEO (FRA)

3 — Saint Jean. *y*

    Ce dessin est l'étude pour la figure qui se trouve dans le tableau du musée du Louvre. *la Salutation angélique n° 64*

    A la pierre d'Italie.

(Collection du baron Sylvestre.)

H. 27 c. L. 19 c.

BOUT (P.)

4 — Une Armée en campagne.

A la plume.

H. 40 c. L. 25 c.

BEGA (CORNEILLE)

5 — Un joueur de violon.

Grand et beau dessin au crayon rouge,

H. 27 c. L. 19 c.

BERNIN (LE)

6 — Saint Marc.

Dessin au crayon noir, d'une grande tournure.

H. 35 c. L. 23 c.

BOUCHER (FRANÇOIS)

7 — L'Innocence tentée par le vice.

Une vieille femme offre de l'or à deux jeunes filles.
Charmant dessin au crayon rouge.

(Collection du baron Sylvestre.)

H. 32 c. L. 27 o.

BOUCHER (Genre de)

3 — Un Enfant.

Il est couché sur une pierre, et près de lui est un beau
vase.
Au crayon noir, rehaussé de blanc.

H. 24 c. L. 31 c.

BOUCHER (Genre de)

9 — Alexandre et la famille de Darius.

Grand et beau dessin au crayon rouge.

H. 48 c. L. 29 c.

BOULLOGNE (Bon)

10 — Ex Voto.

A la plume, lavé de bistre.

H. 21 c. L. 11 c.

BROSAMER (Attribué à)

11 — Sainte Famille.

A la plume, sur papier teinté, rehaussé de blanc.

H. 20 c. L. 16 c.

CAGLIARI (Paul Véronèse)

12 — Ex Voto.

La Vierge tient dans ses bras Notre-Seigneur Jésus; sainte Catherine est à sa gauche, et à ses pieds est un personnage à mi-corps. La figure de l'enfant n'est qu'indiquée par un léger trait.

Lavé d'encre de Chine.

(Collection du baron Sylvestre.)

CAVEDONE (Jacopo)

13 — L'Adoration des Bergers.

Esquisse frottée à l'huile et rehaussée de blanc.

H. 27 c. L. 27 c.

CORTONE (P. DE)

14 — Groupe d'Anges.

A la plume et au crayon noir.

H. 17 c. L. 22 c.

CARRACHE (ANNIBAL)

15 — Le Christ mort, dans les bras de la Vierge.

Dessin sur papier gris, à la plume, lavé d'encre de Chine.

H. 18 c. L. 23 c.

CELLINI (BENVENUTO)

16 — Hébé.

Elle tient de la main droite un petit vase, et de la gauche une coupe.

Ce beau dessin a cette élégante et belle tournure qui n'appartient qu'à cette grande époque de l'art.

Sur papier gris, à la plume, légèrement lavé.

Très-rare.

H. 18 c. L. 10 c.

CHAMPAIGNE (P. DE)

17 — Portrait d'un Cardinal.

Au crayon noir.

H. 23 c. L. 18 c.

CRAYER (GASPAR DE)

18 — Mariage mystique de sainte Catherine.

Cette belle composition n'est qu'une contre épreuve, mais les dessins de ce maître sont excessivement rares.

A la sanguine.

H. 22 c. L. 15 c.

DENNER (B.)

19 — Portrait d'un Vieillard. *25*

Au crayon noir. (Rare).

(Collection J. Dupand.)

H. 26 c. L. 19 c.

DU MÊME

20 — Jeune Garçon. *7*

Il est coiffé d'un chapeau.
Au crayon noir, rehaussé de blanc.
Rare.

(Collections J. Dupand et comte de Caylus.)

H. 9 c. L. 9 c.

DIETRICH

21 — Paysage avec montagnes.

A l'encre de Chine.

H. 15 c. L. 21 c.

DYCK (Anton. Van)

+ **22 — Portrait équestre de Charles-Quint.** *32*

Le bras qui tient le bâton de commandement est seule-
ment indiqué au crayon.
A la plume.

H. 31 c. L. 22 c.

FRAGONARD (Honoré)

23 — Portrait de Hubert Robert. *7*

A la plume, lavé d'encre de Chine.

H. 27 c. L. 18 c.

FRAGONARD

+ 24 — Bacchanale. *28*

> Une jeune femme assise à l'ombre de grands arbres, re-
> garde danser devant elle un satyre qui joue du tambourin.
> Ravissant dessin à la plume et à la sépia.
>
> H. 18 c. L. 17 c.

FRAGONARD

25 — Jeune Femme, lisant. *19*

> Elle est assise dans un fauteuil et tient une lettre à la
> main.
> Au crayon noir, rehaussé de blanc.
>
> H. 34 c. L. 24 c.

FRAGONARD

26 — La Mère de famille. *9*

> Joli dessin à la plume, lavé de bistre.
>
> H. 9 c. 1/2. L. 12 c.

GELLÉE (CLAUDE), dit LE LORRAIN

27 — Paysage arcadique. *189*

> Une rivière, dans laquelle quelques bœufs se désaltèrent,
> traverse un beau paysage et va se perdre, en passant sous
> un pont, dans la mer que l'on aperçoit au fond, couverte
> de navires les voiles déployées. Au premier plan sont deux
> bergers, dont l'un est assis ; des moutons sont épars autour
> d'eux.
> A gauche, au second plan, une belle masse d'arbres se
> détache en vigueur sur le ciel.
> Ce dessin d'une puissante coloration est d'un effet très-
> poétique.
> A la plume et lavé de bistre.
>
> H. 20 c. L. 26 c.

GOLTZIUS (Attribué à)

28 — Figure de Femme nue.

H. 36 c. L. 20 c.

GRANET

29 — Un Saint en extase.

A la sépia.

H. 24 c. L. 18 c.

GREUZE (B.)

30 — Tête de Jeune Fille.

Beau dessin au crayon rouge.

H. 28 c. L. 21 c.

GREUZE (Attribué à)

31 — Tête de Jeune Garçon.

Au crayon rouge.

H. 37 c. L. 28 c.

GUERCHIN (Barbieri), dit le

32 — Paysage avec figures.

A la plume.

H. 26 c. L. 41 c.

GUIDO RENI

33 — Une Sibylle.

Au crayon rouge.

(Collection J. Dupand.)

H. 14 c. L. 11 c.

GUIDO RENI

34 — Apothéose de saint Dominique.

Il est porté au ciel par des anges.

Beau dessin à la plume et au bistre.

(Collection du baron Sylvestre.)

H. 24 c. L. 14 c.

GUIDO RENI

35 — Étude pour la Sibylle qui est au musée du Vatican.

Au crayon rouge.

(Collection du comte de Caylus.)

H. 20 c. L. 15 c.

HALS (FRANCK)

36 — Portrait de François Duquesnoy, dit François Flamand.

Il a le bras gauche appuyé sur un bas-relief représentant des enfants.

Beau dessin au crayon rouge.

Très-rare.

H. 22 c. L. 15 c.

HOLBEIN (Hans)

37 — Portrait d'Homme.

Au crayon noir.

(Collection du baron Sylvestre.)

H. 18 c. L. 16 c.

HUBERT ROBERT

38 — Vue d'un Palais de l'ancienne Rome.

Signé.
A la plume légèrement lavé d'aquarelle.

(Collection Richard.)

H. 19 c. L. 27 c.

HUET (J.-B.)

39 — Une Chaumière. Paysage.

A la plume.

H. 17 c. L. 25 c.

LANTARA (Simon-Mathurin)

40 — Effet du soir.

Une rivière traverse tout le premier plan, et va se perdre dans un lointain lumineux ; sur la droite, quelques maison-sonnettes sous de grands arbres.

Magnifique déssin légèrement gouaché d'une puissance d'effet extraordinaire.

H. 11 c. L. 18 c.

LEPRINCE (J.-B.)

41 — La Danse russe.

> Dans un beau paysage, une jeune femme et un homme se livrent au plaisir de la danse, tandis qu'autour d'eux, assis et groupés dans différentes attitudes, des paysans et paysannes les regardent.
>
> Parmi ceux-ci, vers la droite, sont deux musiciens, dont l'un joue de la mandoline, et l'autre d'un espèce de contre-basse.
>
> Dessin très capital et d'une belle exécution, à l'encre de Chine.

> Ovale.—H. 40 c. L. 34 c.

LEPRINCE (J.-B.)

42 — Paysage.

> A gauche, deux hommes couchés dans les herbes, quelques bœufs au fond; à droite, au premier plan, un grand saule.
>
> Au bistre.

> H. 13 c. L. 17 c.

LEPRINCE (Attribué à XAVIER)

43 — Vue prise au bord de la mer, côtes de Sicile.

> Grand et beau dessin très-spirituellement touché.
>
> A la plume, lavé d'encre de Chine.

> H. 23 c. L. 43 c.

LÉONI (Ottavio)

44 — Antonio Colona enfant.

Charmant dessin au crayon noir rehaussé de blanc.

H. 16 c. 1/2. L. 12 c. 1/2.

MURILLO (Esteban)

45 — La Vision de saint François.

Il est assisté par des anges.
Composition d'un des quatre grands tableaux qui se trouvaient à l'Escurial.

Magnifique dessin d'une grande rareté. Nous le recommandons à l'attention sérieuse des amateurs.

A la plume, lavé de bistre.
H. 20 c. L. 27 c.

NEER (Aart van der)

46 — Marine, effet du soir.

D'une grande finesse de ton.
A la plume et au bistre.

H. 10 c. L. 13 c.

PALMA (Jacopo), le jeune.

47 — Saint Gérome.

Esquisse frottée à l'huile.

H. 27 c. L. 19 c.

PARMESAN (Le)

48 — Groupe de Trois figures. *2 c*

Dessin à la plume, d'une grande finesse et d'un grand style.

(Collection Wallardi.)

H. 18 c. 1/2. L. 14 c.

POUSSIN (Nicolas)

49 — Le Triomphe de Bacchus enfant. *14*

Le tableau figurait autrefois dans la collection de Hampton-Court.

A la plume, lavé de bistre.

H. 29 c. L. 22 c.

POUSSIN (Nicolas)

50 — N° 1. Sainte Cécile. *8*

N° 2. Têtes de Femmes.

Études pour le tableau de Moïse sauvé des eaux qui est au musée du Louvre.

Croquis à la plume.

H. 9 c L. 8 c. chaque.

POUSSIN (Attribué à).

51 — Un Sacrifice.

A la plume, lavé de bistre.

H. 18 c. L. 32 c.

PRIMATICE (F.)

52 — Un Prophète.

Beau dessin à la plume, lavé de bistre.

(Collection   .)

H. 21 c. L. 20 c.

PRUD'HON (P. PAUL)

53 — La Toilette.

Une jeune femme debout met sa boucle d'oreille. Étude; le tableau est lithographié par Maurin.

Ce dessin, d'un sentiment exquis, a servi à faire une contre-épreuve; ce qui lui a ôté un peu de sa vigueur.

Sur papier bleu, au crayon noir, rehaussé de blanc.

H. 30 c. L. 21 c.

RAIBOLINI (dit le Francia)

54 — Un Jeune Homme coiffé d'une toque.

A la sanguine

Très-rare.

H. 27 c. L. 34 c.

RAPHAEL (Sanzio)

55 — Héliodore chassé du Temple.

Étude pour la fresque du Vatican.

A la pierre d'Italie et au crayon rouge.

H. 18 c. L. 14 c.

REMBRANDT (Van Rhyn)

56 — Arméniens.

A la plume.

H. 11 c. L. 13 c.

ROMAIN (Attribué à Jules)

57 — Figure grotesque.

Fragment d'un grand dessin.
A la plume, lavé de bistre.

H. 18 c. L. 26 c.

ROSSO DEL ROSSO

48 — Deux Figures décoratives.

A la plume, lavé de bistre.

H. 14 c. L. 18 c.

RUBENS (P.-P.)

59 — Une Femme allaitant un enfant. Près d'elle,
un jeune garçon couché.

Signé.
Au crayon noir.

H. 13 c. L. 21 c.

RUBENS (D'après)

60 — Portrait de Femme.

A la sépia.

H. 19 c. L. 16 c.

SEGERS (Gérard)

61 — Le Reniement de saint Pierre.

Au crayon, lavé de sépia.

H. 15 c. L. 20 c.

SODOMA

62 — Étude de Sainte à genoux.

Beau dessin au crayon rouge.

(Collection du comte de Caylus.)

H. 37 c. L. 25 c.

SOLIMÈNE

63 — Une Sainte, portée au ciel par les Anges.

Grand dessin à la plume, lavé d'encre de Chine.

H. 20 c. L. 30 c.

SWEBACK

64 — Halte de Cavaliers.

Un jeune garçon demande l'aumône à deux cavaliers, dont l'un est descendu de son cheval; à gauche, une berline et un personnage à cheval, vu de dos; à droite, un autre personnage assis également, vu de dos.

Beau dessin à l'encre de Chine. Très-important, signé et daté Saint-Pétersbourg, 1817.

H. 25 c. L. 23 c.

TAUNAY (N.–Antoine)

65 — Entrée de Bonaparte à Vérone.

Le tableau est au musée de Versailles.

A la plume et à l'encre de Chine.

H. 22 c. L. 27 c.

TESTA (P.)

66 — Groupe d'Anges.

A la plume.

H. 31 c. L. 20 c.

TIBALDI (Pellegrino)

67 — Hercule et Omphale.

A la plume, lavé de sépia.

H. 33 c. L. 42 c.

TITIEN (VECELLIO)

68 — Saint Roch.

A la plume.

(Collection du baron Sylvestre.)

H. 22 c. L. 15 c.

VASARI ET PERINO DEL VAGA

69 — Deux Dessins de plafond, sur une même feuille.

A la plume, lavé de sépia.

H. 20 c. L. 18 du premier.
H. 14 c. L. 10 du second.

VERNET (JOSEPH)

70 — Paysage.

Au premier plan, un pêcheur et deux femmes près d'un pont formé de troncs d'arbres; une fabrique italienne de l'autre côté de l'eau; rochers à droite.
A l'encre de Chine.

H. 21 c. L. 26 c.

VELDE (Attribué à VAN DEN)

71 — Moutons au repos.

A la mine de plomb.
Très-finement exécuté.

H. 10 c. L. 21 c.

VOLTERRANO (Balthasar)

72 — Un Maître-Autel, avec une Assomption.

Dessin architectural à la plume, lavé d'encre.
(Collections J. Dupand et comte de Caylus.)
H. 39 c. L. 23 c.

VOUET (Attribué à Simon)

73 — La Vierge et l'Enfant Jésus.

Un ange leur présente une corbeille de fruits.
Sur papier gris, au crayon noir, rehaussé de blanc.
H. 22 c. L. 18 c.

WATERLOO

74 — Paysage.

Maison rustique avec un clocher, ombragée d'arbres et entourée d'eau.
A la plume, lavé d'encre de Chine.
H. 9 c. L. 15 c.

ZACHT-LEVEN (Kornelis)

75 — Portrait d'Homme.

Il est enveloppé dans son manteau, le poing sur la hanche.
Ce beau dessin, largement traité, rappelle par sa tournure les portraits de Van-Dyck.
Au crayon noir, rehaussé de blanc.
H. 34 c. L. 36 c. 1/2.

ÉCOLE FRANÇAISE XVIIIᵉ SIÈCLE

76 — La Consultation.

Belle gouache attribuée à Mallet.

77 — Un Soldat.

Belle étude au crayon rouge.

H. 51 c. L. 38 c.

78 — Tête de Jeune Femme.

Au crayon noir, rehaussé de blanc.

79 — Sous ce numéro seront vendus quelques dessins non catalogués.

Renou et Maulde, imprimeurs de la Compagnie des Commissaires-Priseurs,
rue de Rivoli, 144.   22098